Ça a fait du bruit

Fani Marceau

Nina Kanô

ALBIN MICHEL JEUNESSE

Pour Félix
F. M.

Criiic !
Criiic !
Criiic !

Ça fait du **bruit** comme le **craquouillis**
des **céréales** de **Lulu**.

Ça fait du **bruit** comme la **musique**
dans les **oreilles** de Lulu,

comme l'eau
qui **gicle** sur Lulu.

Ça fait du bruit comme
la sirène des **pompiers** :
« Moi, je n'aime pas trop », dit Lulu.

Pin-Pon

Ça fait du **bruit** comme le **doigt**
qui **tapote** au carreau,

Biiiip ! Biiiip !

comme la sonnerie
du **téléphone** de Lulu.

Vrooom!

Ça fait du **bruit** comme **l'aspirateur** :

« **Arrête !** » crie Lulu.

Ça fait du bruit comme la **Lumière**
qui **s'éteint** quand **Lulu** s'endort,

BZZZZZ !

comme l'insecte qui tourne
et tourne autour de Lulu.

Ouaf !

Ouaf

Ça fait du bruit comme le **chien** de la voisine.

Ça fait du **bruit** comme la **chasse d'eau** dans la maison de **Lulu**,

Paf !

comme le **ballon** de Lulu qui **éclate**.

Ça fait du **bruit** comme le bruit
de tous les enfants qui **rient**!